COLLECTION FOLIO

Boualem Sansal

Poste restante : Alger

Lettre de colère et d'espoir
à mes compatriotes

Gallimard

Né en 1949, Boualem Sansal vit à Boumerdès, près d'Alger. Il a fait des études d'ingénieur et un doctorat en économie. Il était haut fonctionnaire au ministère de l'Industrie algérien jusqu'à 2003. Il a été limogé en raison de ses écrits et de ses prises de position.

Le serment des barbares, son premier roman, a reçu le prix du Premier Roman et le prix Tropiques 1999.

*À la mémoire de Mohamed Boudiaf
Président de l'Algérie de janvier à
juin 1992
Assassiné à Annaba le 28 juin 1992
Par un officier de la garde présiden-
tielle*

Sœurs et frères,
Mes chers compatriotes,
Mes bons amis,

Le prix du silence

Au fond, jamais nous n'avons eu l'occasion de nous parler, je veux dire entre nous, les Algériens, librement, sérieusement, avec méthode, sans a priori, face à face, autour d'une table, d'un verre. Nous avions tant à nous dire, sur notre pays, son histoire falsifiée, son présent émietté, ravagé, ses lendemains hypothéqués, sur nous-mêmes, pris dans les filets de la dictature et du matraquage idéologique et religieux, désabusés jusqu'à l'écœurement, et sur nos enfants menacés en premier sous pareil régime.

C'est bien triste. Et dommageable, le résultat est là. Une vie entière est passée, deux peut-être, davantage sans doute, et encore nous nous taisons, chacun dans son coin, avec chez certains, toujours les mêmes, nos grands dirigeants, perchés au-dessus de nos têtes, cet insupportable mépris au coin des lèvres qui est leur marque de fabrique, souriant à la ronde à la manière de ces vieux crocodiles qui tournent inlassablement autour du marigot, la gueule ouverte, l'œil inhumain, la queue prête à fouetter.

Il y a longtemps, trop longtemps on va dire, que nous ne nous sommes pas parlé. Comment mesurer le temps écoulé si personne ne bouge, si rien ne vient, si rien ne va ? Constater l'arrêt est un progrès, cela implique cette chose banale et fantastique que quelque part, quelqu'un, un jour, vous, moi, un autre, a dû s'entendre dire : « Dieu, où en sommes-nous après tant d'années livrées au silence ? » ou simplement : « Que se passe-t-il en ces lieux ? » Terribles questions. Des hommes sont morts sans savoir, et d'innombrables enfants arrachés à la vie avant d'apprendre à marcher, et des villes entières, qui furent belles et enivrantes, ont été atrocement défigurées. Le nom même de notre pays, Algérie, est devenu, par le fait de notre silence, synonyme de terreur et de dérision et nos enfants le fuient comme on quitte un bateau en détresse. Et combien de touristes l'évitent à toutes jambes ! La beauté de nos paysages et notre hospitalité légendaire ne font pas le poids devant les mises en garde des chancelleries et les alarmes insoutenables des médias et des ONG. Nous voilà seuls, à tourner en rond, ressassant d'antiques lamentations.

Mais peut-être aussi avons-nous cessé de nous parler parce que personne n'écoutait l'autre. La rumeur galopante, l'ivresse du vide, le bourdonnement lancinant de nos rues, l'imposante étroitesse de nos grands esprits, les flonflons, les prêches, les harangues, les crises, les terrorismes, les détournements et les famines qui ont décimé plus que l'économie ne l'autorisait, les pénuries qui ont occupé nos vies si courtes, les corvées d'eau, les deuils, les queues devant les juges, le regard hypnotisant des surveillants ont leur part d'explication dans notre aphonie, c'est vrai. Combien excusables sommes-nous de ne pas savoir parler et courir à la fois ! Pense-t-on à tirer des plans sur la comète lorsqu'on est assailli par le malheur au quotidien et que la grande affaire, la véritable urgence, la ruse de chaque instant, consiste à échapper à la mort, à tromper le bourreau, à se garder des catastrophes, à contourner les plantons, à gagner du temps tout simplement. Je parle de la mort en général, et du temps qui nous fut imparti pour vivre, la mort de l'homme dans sa chair, son âme, sa mémoire, ses pauvres lendemains, mais aussi du reste, le cadre de vie, le quartier, le dernier refuge, les valeurs, les institutions, pendant que ceux-là, perchés au-dessus de nos têtes, souriant avec plus de cruauté et de fatuité, les tartufes, les pieuvres, les jusqu'au-boutistes, s'emploient à détruire en ces terres jusqu'aux mythes fondateurs du genre humain. Ils ne se gênent pas pour le dire : ils sont nés avant nous, les Beni Adam, les Fils d'Adam.

Pourtant, nous eûmes des moments de répit, et de grâce, et certainement plus que d'autres peuples, bien moins lotis que nous. Pauvre Rwanda, pauvre Kaboul, pauvre Tchétchénie, pauvre Haïti, où le malheur se dissipe dans les brumes de l'éloignement. L'Algérie, c'est autre chose, elle est là, au cœur du monde, c'est un grand et beau pays, riche de tout et de trop, et son histoire a de quoi donner à réfléchir : mille peuples l'ont habitée et autant de langues et de coutumes, elle a bu aux trois religions et fréquenté de grandes civilisations, la numide, la judaïque, la carthaginoise, la romaine, la byzantine, l'arabe, l'ottomane, la française, elle a guerroyé tant et plus, ses cimetières regorgent de noms exotiques, ses campagnes, ses montagnes et ses cités sont riches de vestiges fabuleux, et encore n'a-t-elle pas fini de se recenser et de se connaître.

Et voilà qu'aujourd'hui, nous en sommes là, hagards et démunis, immobiles et penauds, n'ayant plus rien à renier ou à aimer. La surprise, le vertige, les entourloupes à l'entame de chaque nouvelle ère, le suspense haletant du feuilleton, je ne vois pas une autre explication à notre silence. Je ne dis pas lâcheté, nous n'avions ni arme, ni galon, pas même un peu de cette folie ardente qui agite les désespérés du bout du monde, pour renverser la table et prendre le micro. Quand on est sans voix, on est lent à la détente. Il y a aussi que nous sommes des hommes de paix, la nature nous a faits ainsi, patients et crédules, parfois versatiles et insouciants, et le cas échéant, futiles et chatouilleux.

Le mal a submergé le bien sous nos yeux, rien n'est plus tragique.

Quand l'espoir était possible

Soyons justes, il y eut des périodes de réelle embellie, républicaines dans la forme, sympathiques dans le fond, de vraies bénédictions, souvenons-nous, quelques éclairs au temps de Boumediene le ténébreux, vers la fin de son règne de fer, lorsqu'il nous invita à venir critiquer son projet de Charte nationale (la Tarte nationale, chuchotait-on sous les porches), ce que nous fîmes avec délice et brio... et inutilement, la bible a été vendue en l'état, à l'unanimité, nous en avons tous des exemplaires sur nos tables de chevet ou la trace dans les méandres de nos cerveaux. Un peu plus au temps du président Chadli, le gandin magnifique dit Jeff Chandler parce qu'il avait une bonne bouille de cow-boy somnolant, qui nous a tant fait rire avec la devise par laquelle il inaugura son long règne de roi fainéant : *Pour une vie meilleure*, que les jeunes rebelles d'Alger, de vrais poètes soucieux de vérité et de bonnes rimes, ont aussitôt reprise en chaussant leurs Adidas : *Pour une vie meilleure, ailleurs* ; c'est malheureux que de la bonne graine antifasciste comme ça soit allée se perdre dans des pays libres. Et pas mal au temps du président Boudiaf, le preux, l'innocent qui a cru que le pandémonium céderait devant la sainteté, et qui, hélas, mille fois hélas, n'a survécu que six mois à la tête de l'État. Nous en avons eu nettement moins depuis, il est vrai, l'Histoire s'étant accélérée jusqu'à trébucher et l'agora a fermé ses portes. Il y eut une guerre civile (1992-1999), deux cent mille morts, des dégâts incalculables, quatre coups d'État, du remue-ménage dans le sérail, le tout accompagné d'un pillage systématique du pays. Puis tout s'est arrêté. Sous le règne de M. Bouteflika, arrivé au pouvoir quelques mois avant son élection triomphale en 1999, il a été procédé à la casse de tous les thermomètres. Hors son propre mal et celui des siens, on ne sait rien de l'état de santé du pays et de ses habitants. Certains parlent de « mort clinique », d'autres de « paradis sur terre », ce qui, au fond, revient au même.

Oui, disais-je, de vraies bénédictions, les promesses étaient bien timbrées, les mesures arrivaient à point, les chiffres couvraient des significations non loin d'être concrètes et les éloges des clercs de même que nos applaudissements plébéiens ne sonnaient pas forcément faux. Je me souviens que nous n'étions pas peu fiers de nous voir bientôt sortir de l'auberge des songes creux et nous lancer à la conquête du monde libre au nom de la Révolution algérienne et de la nation arabe, avec, pour arme absolue, le génie du raïs.

Ces périodes, bien que rares, furent pourtant assez longues pour autoriser une vraie démarche, une révision complète de nos idées, une remise en perspective de nos vieilles théories. Las, le train est passé avant nous. Étions-nous déjà si décalés, l'effort nous rebutait-il tant ? Peut-être et peut-être pas, la partie était loin d'être facile, et sans doute avons-nous été, une fois de plus, pris de vitesse. En 1988, en ces jours d'octobre héroïques et fumants, donc de soulèvement antifasciste décisif, nos jeunes eurent à peine le temps d'incendier les murs de l'administration et les magasins d'État que tout est rentré dans l'ordre. Le bruit des bottes et l'odeur de la poudre hanteront longtemps nos nuits. Et aussi, le souvenir des disparus. Vous souvenez-vous encore de ce mois fabuleux, de ces jours électriques, de ces heures vertigineuses où tout paraissait possible : renverser la dictature du parti unique, le FLN, chasser le tyran de son fauteuil, prendre notre destin en main, nous ouvrir au monde ? Nous étions enfin dans le mouvement de l'Histoire, comme nous le fûmes en 1954, au début de la guerre de libération, comme le furent ces dernières années les pays du bloc de l'Est qui un à un se sont affranchis de leurs vieilles et monolithiques dictatures. Le rêve a duré cinq jours, pas un de plus, et la machine totalitaire a repris le dessus. Quelle tristesse de voir nos villes saccagées, nos bus, nos trains transformés en carcasses noircies, nos jeunes émeutiers hagards, et que rien n'avait changé !

En règlement du solde, il nous fut accordé de dire ce que nous voulions à la fin. Nous sommes-nous pour autant parlé, avons-nous accordé nos violons, avons-nous fait face comme un seul homme ? Il faut le dire honnêtement, nous avons versé dans l'absolutisme et la précipitation, nos revendications sont parties dans toutes les directions et elles étaient rien de moins que folles : la charia ou la mort, l'islam et la liberté, la démocratie pleine et entière sur-le-champ, le parti unique à perpète, le marché et l'État, l'autarcie et l'économie de guerre, le communisme plus l'électricité, le socialisme plus la musique, le capitalisme plus la fraternité, le libéralisme plus l'eau au robinet, la révolution permanente, l'arabité avant tout, la berbérité de toujours... Que d'idées, que d'idées ! Cent cinquante partis échevelés, dont le FIS, le Front islamique du salut, ont vu le jour avant que nous ayons fini de rêver. Quelle astuce géniale que cette prolifération cancéreuse pour tuer l'œuf dans la poule ! Quelle sublime idée que la création d'un deuxième front, le monstrueux FIS, pour redorer le blason du vieux front, l'inusable FLN ! « Il y a péril en la demeure ! » criait-on. Des voix lointaines. Nous n'avons pas entendu, le cri venait de l'étranger. « Ingérence, ingérence ! » hurlait-on au sommet de la pyramide et jusque dans le plus lointain douar du pays profond ayant le télex. « On coupera par le milieu », fut la décision des pilotes. Et nous voilà gros-Jean comme devant, moitié libres, moitié coulés dans le béton.

Le temps du système D
et des formules toutes faites

À quoi avons-nous occupé ces temps bénis ? C'est triste à dire : à rien, de petites choses, bricoler des antennes, courir de-ci de-là, trouver des visas, glaner des trucs, de la pièce de rechange, la récup, stocker des vivres pour l'hiver, puis à nous moquer les uns des autres, à refaire le désordre mondial, à nous voter des satisfecit, à applaudir le chef, à nous renseigner sur le suivant, à tuer le temps.

« Nous étions au bord du précipice mais nous avons fait un grand pas en avant », claironnait le chef du FLN, en ces temps primitifs où vivre et construire le pays consistait à mendier son pain et à scander des slogans sous le regard énamouré de la Securitate. Rien de nouveau sous le soleil d'Alger. Ailleurs, ça bougeait un peu par-ci, ça grondait un peu par-là, en Kabylie (encore elle), dans le Sud, les Aurès, le long des frontières, dans les villes, les villages, les douars perchés sur les djebels, bref partout où deux malheureux pouvaient se rencontrer, des émeutes, des enlèvements, des meurtres, de la torture comme en ce bon vieux temps de la guerre de libération, et plein d'autres éclats de derrière les fagots. Nous l'apprenions après coup comme on apprend sur le tard de vieux secrets de famille. Des choses à ne pas croire. « Les bruits de la campagne c'est du foin, tout se joue dans la capitale », pensions-nous en haussant les épaules.

Dans le groupe d'amis qui était le mien, nous étions ainsi devenus, bêtement dilettantes, un jour maniaco-dépressifs, un autre fiers comme Artaban, j'ai honte de le dire, mais au diable la honte. Notre boute-en-train, un tournebroche comme on les connaît par ici, persifleur infatigable, jamais à court de salive et d'une lucidité maladive, nous esquintait le moral avec ses formules gratinées. Nous railler n'était pas difficile, il suffisait de nous regarder. Il ne nous manquait que la retraite pour aller mourir dans le vieux village de nos aïeux. Nous avions vingt ans et plus d'espoir du tout.

Un jour, il est parti en Espagne pour un stage de trois semaines, il y est encore, cela fait trente ans. Il s'appelait Belkacem, je profite de l'occasion pour le prier de nous donner de ses nouvelles. Est-il riche, est-il heureux, a-t-il des enfants, voyage-t-il beaucoup, s'est-il adapté comme nous, a-t-il changé de nom, et comment a-t-il fait pour réussir son coup ?

Sacré loustic, il nous a laissé ses formules qui, malgré l'usure du temps, continuent de nous saper le moral. « Votre place est à Sèvres, pas à Alger ! », « Tel qui pleure lundi, dimanche pleurera, affaire d'habitude », étaient ses flèches favorites. « Buvez du curare, ça repose », disait-il en avalant cul sec son goudron à la caféine, dégoûté de nous voir si pleins de suffisance et d'entrain après toute une journée à ne rien faire. « Le pétrole ne manque pas, mettez-vous en panne d'idées, ça fera des économies de phosphore », lançait-il au plus fort des conciliabules... « Et de macchabées ! » ajoutait-il derrière la main au moindre mouvement suspect du cafetier chez qui nous passions nos fins de journées et nos soirées d'été.

Je suppose que chacun de vous, chers compatriotes, mes bons amis, a eu dans son groupe pareil tournebroche et que vos formules ne sont pas loin de ressembler aux nôtres, puisque aussi bien les bons refrains faisaient le tour du pays le jour même de leur invention. C'est drôle, tout englués que nous étions, nos pensées profondes comme les hâbleries de dernière minute voyageaient à la vitesse de la lumière, en toute liberté. Il y avait des retours, les ondes officielles, les meetings, les paroles rapportées par les voisins des cousins des chauffeurs ou les voisines des cousines des secrétaires. On devrait les rassembler et les publier, l'Histoire gagnerait en clarté.

Rappel en passant : Quel grand manitou a dit « Nous mettrons vingt ans mais nous réussirons le plan quinquennal ! » ? C'est ainsi que nous finîmes par oublier ce que nous attendions. Et un autre tout aussi sérieux qui a dit : « La femme est un vaste sujet sur lequel j'aimerais m'étendre mais cela peut attendre, la Révolution a d'autres chats à fouetter » ? Il y avait aussi du bon, quoique sibyllin. Quel véritable ancien héros a dit « Notre mission était de libérer l'Algérie, ce que nous fîmes, il revient maintenant aux Algériens de se libérer » ? Et tiens, une dernière pour la route : Quel grand vizir a dit « Je suis kabyle, donc je suis arabe » ? C'était gros, les cousins l'ont renié et les frères l'ont remercié. Depuis, il chôme en haussant les épaules.

On pourrait en citer comme ça des tonnes, en quarante années, l'Algérie a produit plus de dignitaires en chapeau que de savants. Le hic est bien là, vous savez : nos rares savants sont partis à l'étranger alors que, pour ne pas changer, les gros bonnets continuent de pulluler au-dessus de nos têtes.

Le temps des censeurs

Vous souvenez-vous de nos airs bêtement effarés quand subitement le malheur revenait à la charge comme un boomerang ? La panique ! Plus personne devant le comptoir, les chaises renversées, le parking vide, les papiers qui volent dans le vent, les amis qui se reconnaissent à peine. On se serait cru à Moscou, en hiver, un jour de grande purge. Je l'avoue, j'ai honte, comment avons-nous pu croire que le malheur pouvait être aisément berné ? Avec le président en exercice, M. Abdelaziz Bouteflika, il ne faut simplement pas y penser, c'est un vieux de la vieille, on ne la lui fait pas. Longue vie à Lui !

Trêve de lamentations, marre des grincements de dents et des sarcasmes, il nous faut parler et, si possible, ne rien nous cacher. C'est le moins que nous puissions faire pour nos enfants, leur laisser une belle image de nous. Démarrer la vie sur des menteries et des rêves creux, soit, mais qu'ils le sachent.

Mes chers compatriotes,
Mes bons amis,

Croyez-le bien, je ressens une terrible gêne à venir vous parler ainsi. Qui suis-je ? Pas le mieux indiqué. J'aurais vu une sommité, pourvue de moyens puissants et d'un vrai franc-parler. Et puis, il y a le côté intempestif de la démarche, on ne m'a rien demandé, personne ne m'a sonné et voilà que, toc toc, je vous mets un opuscule sur la table et que je vous appelle au débat libérateur. Ridicule et prétentieux de ma part, je le sais, et vous n'aurez pas tort de me l'envoyer dire.

Mes précédents livres m'ont disqualifié aux yeux de beaucoup. Vous les connaissez, peut-être vous ont-ils flagellés un jour, ce sont les gardiens autoproclamés du temple, les GAT comme les désignait d'un clin d'œil l'ami Belkacem, ils bondissent sur tout ce qui bouge. Les mieux nourris sont les plus dangereux. On les croise partout, toujours prêts à regarder le monde de haut. Ils sont bardés de titres et jouissent de gros pistons, ils sont chefs de ceci ou de cela, hauts fonctionnaires, universitaires, journalistes, intellectuels, militants, députés, tous engagés dans le système, mais ça peut être n'importe qui, l'essentiel est que le censeur bénévole s'imagine sur la rampe de lancement et croie qu'un scalp de récalcitrant arrangerait ses affaires. Ouvrez seulement le bec et les voilà sur votre dos, les yeux exorbités, la mort entre les dents : « Tu n'as pas le droit de dire ceci, tu n'as pas le droit de penser cela, tu n'es pas un Algérien, tu ne mérites pas d'exister », puis, tout fiers, ils rameutent la garde mobile et toisent la chiourme apeurée. Dans une autre vie, ils ont dû être de la Sainte Inquisition, le bûcher leur manque. Si on échappe à la censure de l'Appareil et à la sienne propre, on tombe sur la leur, elle est impitoyable. Le mieux est de ne rien écrire et surtout pas ce que chacun pense tout bas.

Comme il m'a été donné de l'apprendre, le GAT résidant en France, pour ne pas la nommer, est le plus enragé. À quoi cela tient-il ? Peut-être seulement au fait qu'il vit en France, dans l'ambiguïté et le non-dit. Inutile de lui jurer que vous chérissez le bled autant que chacun, de lui rappeler que vous y vivez envers et contre tout, que vos critiques, loin d'attenter à l'honneur du pays et du peuple, visent ceux-là qui les ont mis dans cette horrible situation. Si vous lui dites que les bons lecteurs ne s'y trompent pas, vous êtes mort. Je ne le comprends pas, celui-là, pourquoi a-t-il fui le pays ? Et pourquoi n'y retourne-t-il pas à présent qu'il est libre de ses mouvements et d'avoir des opinions sur tout ? Parmi nous, il exercerait son sacerdoce en toute limpidité et à bien plus grande échelle.

On le sait, allez, les gardiens autoproclamés sont des schizophrènes, cela vient de ce qu'ils sont libres sans l'être et prisonniers sans le voir. Ils me refusent comme Algérien et comme musulman, ce que je tiens de mes parents et non d'eux, ils clament que la nostalgie du joug colonial m'habite et que j'œuvre à la destruction des valeurs nationales. Je l'ai constaté, ils ont un discours très élaboré, discursif, lyrique, emphatique, vibrant, ironique, imagé, tonnant, menaçant, insultant, mais aussi conciliant, amical, fraternel, tendre même avec des accès bizarres de mélancolie et un sectarisme teinté d'amertume comme si un incompréhensible maléfice les avait dépouillés d'un immense et terrible pouvoir sur les êtres et les choses. Il a fallu des décennies et des trésors d'ingéniosité pour formater des esprits pareils. Si j'ai compris, leur idée est qu'un véritable Algérien ne dit jamais ce qu'il pense de son pays devant des étrangers, qui plus est des Français. Il faut donner le change, à ceux-là, qu'ils n'aillent pas imaginer que nous sommes plus malheureux que nous l'étions sous leur botte.

Il y a toujours une forte probabilité qu'un ex-colonisé se colonise lui-même et cherche à coloniser autour de lui. Ces natures ont horreur du vide. N'était la peur de les pousser à bout, je leur dirais que je n'ai pas écrit en tant qu'Algérien, musulman et nationaliste ombrageux et fier, et totalement discret, j'aurais bien su en l'occurrence quoi dire et comment le dire, j'ai écrit en tant qu'être humain, enfant de la glèbe et de la solitude, hagard et démuni, qui ne sait pas ce qu'est la Vérité, dans quel pays elle habite, qui la détient et qui la distribue. Je la cherche et, à vrai dire, je ne cherche rien, je n'ai pas ces moyens, je raconte des histoires, de simples histoires de braves gens que l'infortune a mis face à des malandrins à sept mains qui se prennent pour le nombril du monde, à la manière de ceux-là, perchés au-dessus de nos têtes, souriant grassement, qui se sont emparés de nos vies et de nos biens et qui en supplément exigent notre amour et notre reconnaissance. J'aimerais leur dire que la dictature policière, bureaucratique et bigote qu'ils soutiennent de leurs actes ne me gêne pas tant que le blocus de la pensée. Être en prison, d'accord, mais la tête libre de vagabonder, c'est ça que j'écris dans mes livres, ça n'a rien de choquant ou de subversif.

Le temps de la colère
et des mises au point

Et puis, quoi, sont-ils si sûrs de penser différemment ? N'ont-ils pas, à un moment ou à un autre, refusé cette violence dont nous nous plaignons ? Et quand ils dénoncent la nostalgie du colonialisme chez l'autre, ou chez moi, ne cherchent-ils pas à imposer la leur, pêchée on ne sait où, dans de lointains souvenirs ou dans ces pays frères et amis ravagés par des régimes exemplaires ? Je leur dirai ceci pour être sûr qu'on parle de la même chose : le colonialisme comme la dictature, l'esclavage comme la chasse à l'homme, les déportations comme les pogroms, les galères comme la torture organisée, le nationalisme en fanfare comme les belles paroles qui font briller la misère sont à mettre dans le même sac et il n'y a pas de bon sac qui tienne ! Sinon, ça voudrait dire quoi, que les damnés d'aujourd'hui devraient être contents de leur sort sous prétexte que leurs aînés ont vu pire ? C'est normal, ça, sacrifier les pères pour libérer le pays et livrer leurs enfants à la tyrannie, au culte d'Ubu, au chômage, à la maladie, au terrorisme, à l'émeute, aux chiens de garde ? Cent trente-deux années de colonialisme et de lutte pour aboutir à ça, une dictature à la Bokassa, ce n'est vraiment pas un cadeau ! Mon idée toute simple est que, ayant connu l'un, il nous revient de refuser l'autre d'où qu'il vienne.

Personne, mes amis, ne naît complice, on y vient par erreur, par peur, par intérêt. Ils sont à présent des thuriféraires, oubliant qu'ils furent des pourfendeurs, ne serait-ce qu'en cet âge où l'on rêve de courir le monde pieds nus, à la recherche de soi, de Dieu, de l'amour, de la liberté. Et d'une terre aimante où il fait bon vivre et mourir pour les siens. Nous pourrions aussi leur ajouter ceci, mes bons amis : quand la guerre est finie, et les actes signés, le mot ennemi doit disparaître à l'instant du vocabulaire et être remplacé par ami ou partenaire ou voisin ou messieurs, ou alors on poursuit la guerre pour vider l'abcès. Ne le savent-ils pas : c'est avec ses vieux ennemis qu'on se fait les meilleurs amis ? Moi, je dis ami, sans nostalgie mais avec le regret qu'il ait fallu une guerre et combien d'abominations pour en arriver là. Ils devraient faire leur examen de conscience avant de condamner l'humanité. Et d'abord, qu'ils l'apprennent : l'humanité les a déjà condamnés, maintes fois, leur temps est compté.

Quel rôle que celui d'échotier, on se veut le héraut de ce qui fait l'air du temps, on se retrouve sur la liste des *Wanted* ! Il y a quelque chose de pourri dans la République. Vous me direz que le monde entier le sait et qu'il ne sert à rien d'en rajouter. Aussi n'est-ce pas l'ordre du jour, le système est ce qu'il est, comme il a commencé il finira. On tirera la chasse et on oubliera. Non, je veux parler de nous, les Algériens, les gens, les bonnes pâtes que nous sommes, les citoyens modèles que nous rêvons d'être dans une République qui nous appartiendrait. Je croyais tout savoir de nos qualités et de nos défauts, mais je ne nous savais pas si contradictoires, si distraits, voire pusillanimes. Le 29 septembre 2005, le jour du référendum, souvenons-nous, nous avons voté quoi à 98 % sous couvert de réconciliation et de paix ? L'amnistie des terroristes et, concomitamment, celle des commanditaires, n'est-ce pas ? Le scrutin était truqué, pourri, arrangé d'avance, nous n'avons pas voté ! Eh bien, c'est de ça et d'autres sujets qui fâchent nos gardiens que je souhaite vous entretenir.

Soyons efficaces. Si vous en êtes d'accord, nous écarterons du débat ceux qui nous diront qu'ils n'ont fait qu'obéir au raïs. « Nous avons eu peur », c'est leur excuse, on la connaît, elle est aussi vieille que la République algérienne démocratique et populaire. Inutile de perdre son temps et de leur répondre « Justement ! », ils ne se souviennent pas que leurs pères ont pris les armes parce qu'ils avaient peur.

Écartons aussi les opportunistes, les grouillots des barons. Ils sont légions et leur verve est incommensurable. « Marchons avec celui qui est debout » est leur refrain, on le connaît, ils le chantent depuis le premier coup d'État. Ils se fondent dans les bazars mieux que des caméléons. Ils sont difficiles à reconnaître, mais je vois que nous n'en sommes pas et cela me rassure.

Idem, nous éloignerons ces pauvres mélangeurs qui croient que critiquer le gouvernement revient à critiquer l'islam et la Révolution. « Ce sont des choses sacrées » est leur argument, il a été gravé au fer rouge dans leur cervelle. Répondez-leur « Il n'y a de sacré que la vie » et vous les verrez tomber raides morts. Le mécanisme mental aura joué. On ne peut pas aller loin avec eux.

Écartons les mouchaouchines, les casseurs, qui accourent en tenue banalisée dans tous les débats pour les plomber de l'intérieur. « Parlons tous ensemble, personne n'entendra », c'est leur technique, on la connaît, ils se baladent avec des haut-parleurs poussés à fond.

Et surtout gardons-nous des autres, les récupérateurs, les terroristes, les courtiers, les gardiens autoproclamés du temple. Leur djihad, leur OPA, leur tour de garde, qu'ils aillent le faire ailleurs.

À ce stade, notre but n'est pas de prendre les armes, mais de nous convaincre de notre démarche de vérité et de liberté. Le reste nous sera donné en surplus.

Demain, nous serons tous morts et jamais plus nous ne saurons ce que nous avons

perdu. Le temps qui passe n'est un bon maître que si on l'accompagne. Il faut mettre sa
montre à l'heure et s'y résoudre, on ne peut
faire l'économie de la vérité et du chagrin
qui va avec. Chaque chose a son prix et qui
paie ses dettes s'enrichit.

Des Constantes nationales
et des vérités naturelles

Parce que je me voulais objectif et consen-
suel, j'ai sondé les amis, tâté les connaissan-
ces. J'ai ratissé large, sans délaisser ceux-là
qui cultivent l'allégorie et le faux-fuyant,
vous savez leur façon de parler en regardant
de côté, ce sont des anguilles : « Laissons le
couvercle sur le puits », « L'essentiel est que
ça ne tombe pas sur ma tête », « On ne cache
pas le soleil avec un tamis », « Allah sait ce
que l'hypocrite dissimule », « Ne connaît la
brûlure que celui qui marche sur la braise »,
etc. À la question « Quelles sont, selon vous,
les raisons du mal-être qui ravage le pays ? »,

leurs réponses renvoient toutes à ces thèmes que nous ruminons à longueur de temps depuis le premier jour : l'identité, la langue, la religion, la révolution, l'Histoire, l'infaillibilité du raïs. Ce sont là ces sujets tabous que le discours officiel a scellés dans un vocable fort : les *Constantes nationales*. Défense d'y toucher, on est dans le sacré du Sacré. Stupeur et tremblement sont de rigueur.

À cela, les amis ont ajouté la question récente qui nous tarabuste depuis le 29 septembre 2005 : l'amnistie des terroristes et des commanditaires. Accessoirement, ils souhaiteraient, disent-ils, nous entendre sur ce que l'actualité nous a donné à voir ces derniers temps : Bush, le réchauffement de la planète, les harkis, l'article 4, les manœuvres de Sarko contre les peuples émigrants, la présidentielle française de 2007, la présence chinoise en Algérie, les canaux de Mars, le décodage de TPS, etc. C'est dire si nous avons à parler. On se demande pourquoi nous avons attendu si longtemps.

Commençons par les Constantes nationales.

Un rappel pour les mémoires fatiguées : l'expression « les Constantes nationales » est une marque déposée, parmi d'autres (« la Famille révolutionnaire », « les Dignes Héritiers de Novembre », « les Algériens sincères et véritables », « le Pays du million et demi de martyrs »...), inventée par le FLN dans le milieu des années 80 alors que son pouvoir totalitaire et absurde se fissurait sous la pression des recompositions mondiales, annonciatrices de l'effondrement du bloc de l'Est. On se souvient que le pays avait soudainement pris des airs de volcan mal réveillé et que tout le monde courait dans tous les sens. La fin paraissait imminente. Les toutes nouvelles forces démocratiques, les forces islamistes, les forces armées et les forces du marché alliées au grand capital international sont toutes montées, en même temps, à l'assaut de la vieille forteresse FLN, le seul véritable parti unique de la planète, pour la remplacer par une autre construction ou pour l'araser et ouvrir la voie aux libertés démocratiques. Un combat titanesque s'ensuivit, nous l'avons plus que durement vécu. La guerre civile de 1992-1999 en fut le paroxysme, mais au bout du compte rien n'a changé, le FLN ayant réussi à se maintenir au pouvoir grâce, avant tout, aux Constantes nationales, autrement dit les sacrements qui font qu'un Algérien est un Algérien dévoué corps et âme à son Église, le FLN. Par une manipulation des plus habiles, initiée dès la maternelle et entretenue tout au long des ans, il a inculqué à chacun ce réflexe paralysant : dès lors que l'envie de le critiquer prend le quidam, celui-ci est aussitôt submergé par l'horrible et honteuse sensation de s'attaquer au peuple algérien en son entier, lequel peuple est arabe, musulman, et l'unique artisan de la glorieuse Révolution de 1954 menée en son nom par le FLN. C'est tortueux mais ça marche. En connaissez-vous qui aient résisté au conditionnement ? Moi pas, ou très peu. Ou qui auraient réussi à s'en libérer ? Moi non plus. Les résistants et les déviants disparaissent à temps. Les GAT aident à leur manière, ils débusquent, ils aboient. Et voilà le démocrate d'occasion, l'islamiste de service, le militaire dévoyé, le vrai-faux ancien moudjahid et le *bazari* sans foi ni loi, la main dans la main, entonnant avec force les Constantes selon saint FLN pour s'adjuger les faveurs divines. Qu'on dise ceci ou cela, dans une langue ou une autre, le bréviaire est le sien. D'où la Sainte Alliance, appelée l'Alliance présidentielle, pour accréditer l'idée qu'Allah et le raïs mènent le même combat. Mais, à la longue, le peuple n'écoute que sa voix profonde et millénaire et l'affaire reste un jeu d'appareils qui se parasitent l'un l'autre pour mieux s'entendre sur le dos de la République. C'était le schéma initial et nous y sommes revenus après une guerre sans fin et une ruine économique totale.

Ouvrons la boîte des Constantes et faisons la part des choses. On trouve :

Le peuple algérien est arabe

Cela est vrai, mes frères, à la condition de retirer du compte les Berbères (Kabyles, Chaoui, Mozabites, Touareg, etc., soit 80 % de la population) et les naturalisés de l'Histoire (mozarabes, juifs, pieds-noirs, Turcs, couïouglis, Africains... soit 2 à 4 %). Les 16 à 18 % restants sont des Arabes, personne ne le conteste. Mais on ne peut jurer de rien, tout est très mouvant, il y eut tant d'invasions, d'exodes et de retours dans ce pays, hors la couleur du ciel, rien n'est figé. Nos ancêtres les Gaulois et nos ancêtres les Arabes sont de ce mouvement incessant de l'Histoire, ça va, ça vient et ça laisse des traces. Moi-même qui ai beaucoup cherché je suis dans l'incapacité de dire ma part rifaine, ma part kabyle, ma part turque, ma part judéo-berbère, ma part arabe, mon côté français. Nous sommes trop mélangés, dispersés aux quatre vents, il ne nous est pas possible, dans ma famille, de savoir qui nous sommes, d'où nous venons et où nous allons, alors chacun privilégie la part de notre sang qui l'arrange le mieux dans ses démarches administratives. Cela étant, le pays est vaste, riche, hospitalier, il peut encore accueillir jusqu'à un milliard d'émigrés et chacun peut prétendre le représenter. De ce point de vue, les Berbères n'ont pas forcément vocation à être, à eux seuls, les enfants de l'Algérie. Le fait d'être là depuis le néolithique n'est pas une fin en soi. Bientôt les Chinois, de plus en plus nombreux chez nous, pourront clamer que l'Algérie est chinoise et il sera difficile de les contredire. Ces histoires de race, de couleur, d'origine, sont tout spécialement bêtes, la vie prend les formes qu'elle veut, où elle veut, et elle pourrait bien, un de ces quatre, nous réincarner en vaches ou en porcs. Je ne comprends vraiment pas pourquoi on en fait tout un plat. Ne souffrez donc pas inutilement. Disons que pour le moment l'Algérie est peuplée d'Algériens, descendants des Numides, et on en reste là. Cette Constante, l'affirmation entêtée d'une arabité cristalline descendue du ciel, est d'un racisme effrayant. En niant en nous notre pluralité multimillénaire et en nous retirant notre élan naturel à nous mêler au monde et à l'absorber, elle nous voue tout simplement à la disparition. Pourquoi veut-on faire de nous les clones parfaits de nos chers et lointains cousins d'Arabie ? De quoi, de qui ont-ils peur ? Je comprends que les Kabyles, les Berbères les plus ardemment engagés dans le combat identitaire, en aient assez d'être vus comme inexistants dans leur propre pays, ou pis, comme une scorie honteuse de l'histoire des Arabes.

Mais quand même, il ne faut pas pousser, s'ingénier à se vouloir arabes par force et s'affirmer kabyles avec la même farouche intensité, c'est pile et face du même racisme. Laissons ces mystères aux anthropologues, aux historiens, ils nous écriront de belles histoires et nous aurons plaisir à les lire. Rendez-vous compte : si chaque Français d'aujourd'hui agissait de même, se revendiquer de ses seuls aïeux, ce pays ouvert aux quatre vents bruisserait de mille chants, il ne s'entendrait plus parler. Et que dire de l'Amérique ! Alors répétons-le jusqu'à être entendus : nous sommes des Algériens, c'est tout, des êtres multicolores et polyglottes, et nos racines plongent partout dans le monde. Toute la Méditerranée coule dans nos veines et, partout, sur ses rivages ensoleillés, nous avons semé nos graines. Souvenez-vous que nos ancêtres les Ottomans écumaient la Méditerranée et ne revenaient jamais sans captives dans leurs soutes. Vous vous doutez bien que lorsqu'ils les relâchaient contre bonne rançon, elles étaient déjà des nôtres. L'unité nationale se fera sur cette base, les hiérarques du système et les piqués du berbérisme ne pourront indéfiniment l'empêcher. L'Histoire ne se refait pas, elle avance. Et comme nous avons nos mystères, elle a les siens.

Le peuple algérien est musulman

Clamée avec cette inébranlable intention, et ainsi constamment réitérée à la tribune, cette Constante est une plaie, elle nie radicalement, définitivement, viscéralement, les non-croyants, les non-concernés et ceux qui professent une foi autre que l'islam. En outre, elle offre le moyen à certains de se dire meilleurs musulmans que d'autres qu'en vertu de cela ils ont toute latitude de redresser. De là à songer à les tuer, en même temps que les apostats, les mécréants, les non-pratiquants et les tenants d'une autre foi, ou à les bannir après les avoir séparés de leurs enfants, il n'y a qu'un pas et il a été maintes fois franchi en toute bonne conscience.

En validant cette Constante, la Constitution qui stipule que « l'islam est religion d'État » fait de l'État le garant d'un génocide annoncé et en partie réalisé. Et nous voilà forcés à la peur, à la vigilance, à l'hypocrisie, à la protestation permanente de bonne foi, à la surenchère, bref à la bigoterie institutionnalisée, et de là, à nous enrôler dans le jeu infernal des chefferies en place. Il faut bien vivre et penser à sa famille. On s'invente une filiation, on se fait une barbe, on se cogne le front contre le mur pour se faire la marque nécrosée du grand dévot, on se déguise en taliban fiévreux, et on va se montrer en public. Du mimétisme au fanatisme, il n'y a qu'un pas. L'expérience aidant, la phase suivante de l'islamisme, et elle viendra, c'est un processus cumulatif à explosions périodiques, sera infiniment plus terrible. Demain, tout marchera au nucléaire. Affirmer aussi solennellement, et de manière si bruyante, que le peuple algérien est musulman revient à dire : Qui n'est pas musulman n'est pas des nôtres. Or, on ne peut oublier cette fatalité : tout croyant trouvera sur sa route plus croyant que lui. Si de l'étincelle ne jaillit point la lumière, alors le feu ira à la poudre. Nous sommes passés par-là, souvenons-nous, tirons des leçons au lieu de mettre la tête dans le sable comme le suggèrent les nouveaux prophètes. La rencontre du modéré et du fanatique n'est pas chimiquement neutre, à la fin de la réaction on a deux fous furieux que rien ne peut contenir. Ou un mort sur le carreau. On a vu aussi que le croyant qui ne sait pas faire son djihad sur lui-même, son élévation par la méditation et l'exaltation de ce qu'il a de meilleur en lui, court l'imposer aux autres. L'islam est jeune, il déborde de vitalité, il insuffle enthousiasme et abnégation, rien ne lui résiste. Il est aussi compassion et miséricorde et, sans cesse, il appelle à la fraternité, à la paix, à la sagesse, au savoir. On l'aime si on va vers lui consciemment, librement. On s'en sert, on le dilapide, quand on le reçoit en héritage ou comme un don du prince. Oui, souvent le néophyte préfère perdre la raison et les foules endiablées adorent s'offrir aux charlatans. Ces pauvres gens ne voient la vie que dans la mort des autres et Allah seulement avec la cagoule du terroriste, c'est triste et criminel.

L'histoire des religions nous l'enseigne, la prière, le jeûne, le pèlerinage et toutes les bonnes dévotions ne suffisent pas pour consommer le trop-plein d'énergie divine, il faut aussi se lancer dans la conquête du monde et le châtiment des mécréants. Il n'y a qu'un système qui peut nous sauver de ce processus funeste et mettre tout le monde à l'abri des croyances de certains : la laïcité. Est-ce si sûr, la France laïque est-elle à l'abri de ses intégristes ? La laïcité est une condition nécessaire mais non suffisante, c'est cela que j'ai dit. Il y a encore tant à faire pour que la liberté, l'égalité et la fraternité soient le pain de chaque jour pour tous... En attendant, chez nous, entre nous, empressons-nous de mettre un peu de laïcité dans notre thé, ce sera ça de gagné. On pourra alors être musulman sans avoir de comptes à rendre à personne, sauf à Allah, le jour du Jugement dernier. Et d'ores et déjà, nous le savons, sa clémence nous est acquise.

Et si le gouvernement voulait bien nous écouter un jour, ce qui serait un beau miracle, nous lui suggérerions de supprimer l'enseignement religieux de l'école publique, de fermer les mosquées qui ont proliféré dans les sous-sols des ministères, des administrations, des entreprises, des casernes, de revenir au week-end universel, de réduire la puissance des haut-parleurs des minarets, de fondre l'impôt religieux dans la fiscalité ordinaire, d'intégrer la construction des mosquées dans le plan directeur des villes, etc. L'étape suivante réclame un ingrédient essentiel que le gouvernement ne peut hélas pas nous donner : la démocratie.

L'arabe est notre langue

Rien n'est moins évident, mes chers compatriotes. L'arabe classique est langue officielle, c'est vrai, mais pas maternelle, pour personne. Chez soi, en famille, dans le clan, la tribu, l'arch, le douar, le quartier, vous le savez, c'est notre quotidien, nous parlons en berbère (kabyle, chaoui, tamashek...), en arabe dialectal ou en petit français colonial, voire les trois ensemble quand on a le bonheur de posséder l'un et l'autre. Personne ne le fait en arabe classique, n'est-ce pas, sauf à vouloir passer pour un ministre en diligence ou un imam sur son minbar. Plus tard, les choses se gâtent affreusement : pendant que les parents travaillent en arabe classique (dans certaines administrations) ou en français moderne (dans le reste du monde professionnel), les enfants papotent, jouent, s'amourachent ou se disputent, dans l'une ou l'autre des langues berbères ou en arabe dialectal mais font leurs devoirs en arabe classique, version ministère de l'Éducation, tandis que leurs grands frères, à l'université, étudient en français et se parlent dans une sorte d'espéranto empruntant à toutes les langues et patois usités dans le pays (résultat du brassage universitaire).

La mauvaise gestion politique de cette question sensible a fini par balkaniser le pays. Trois courants forts se sont taillé chacun son empire dans le système : le courant arabophone tout-puissant dans l'enseignement primaire et secondaire, la justice, la police, l'administration territoriale, la télévision, les partis de l'Alliance ; le courant francophone, appelé aussi Hizb França, le Parti de la France, maître absolu dans l'administration centrale, les entreprises, les universités, les grandes écoles, les partis et associations démocratiques, et la communication internationale ; le courant berbérophone qui s'est fait un nid dans le culturel marginalisé. Un quatrième courant, récent, dit algérianiste, tente timidement de fédérer ces puissants États tandis que le courant anglophone, encore peu visible, prépare une offensive globale. La conclusion, vous la connaissez : l'arabe classique est la langue de l'Algérie mais les Algériens parlent d'autres langues. C'est un cas dans le monde. Ça ne vous rappelle pas l'Europe du Moyen Âge ?

Moi, si, les seigneurs glosaient en latin, les serfs se débrouillaient comme ils pouvaient.

Le plus drôle est que le français, qui est l'outil de l'enseignement supérieur, de l'administration centrale et de l'économie, ainsi que l'arabe dialectal qui fait l'essentiel de la communication populaire interrégionale n'ont pas d'existence légale dans le paysage linguistique. Quant au berbère, récemment constitutionnalisé en tant que langue nationale, après trente années d'une épuisante guerre de tranchées, il se voit privé de toute promotion qui lui permettrait d'être officialisé un jour. Au contraire, comme vous faites bien de me le rappeler, la loi dite de l'arabisation fait de son utilisation un délit passible d'emprisonnement et d'amende. Que valent nos études, nos diplômes, nos actes administratifs, nos contrats préparés et rédigés en français ? Que valent nos engagements privés, établis en arabe dialectal ou l'une ou l'autre de nos langues berbères ? *Lachi', trnn, oualou, ulac*, rien, zéro, *nothing*, *nada*, nibe ! La relation citoyens/État en pâtit considérablement et nos partenaires étrangers ne savent jamais sur quel pied danser avec nous.

Autre difficulté, si l'arabe classique et le français s'écrivent merveilleusement bien, il n'en va pas de même pour nos langues berbères, qui n'ont pas d'alphabet commun, et dont on ne sait s'il convient de les fixer avec des caractères arabes ou des caractères latins, n'ayant pas encore décidé ce que l'on veut : les mettre en correspondance avec l'arabe classique ou le français moderne. Je ne sais pas ce que vous en pensez, encore que la mondialisation ne laisse de choix à personne, l'anglais des affaires sera la langue de tous, bientôt. Ou le chinois. L'arabe dialectal pose un problème insoluble : il s'écrit avec des caractères arabes, certes, encore qu'on pourrait opter pour l'alphabet berbère, comme l'exigent les berbérophones, ou l'alphabet latin, enrichi de quelques phonèmes spécifiques, comme le suggèrent les francophones, prenant en cela modèle sur les Turcs, il reste que l'arabe dialectal n'a pas de vocabulaire et de grammaire communs aux différentes régions du pays. Sauf à le transformer en arabe classique (auquel il emprunte beaucoup) ou en français moderne (auquel il emprunte autant), on ne voit pas ce qu'on peut faire, probablement rien puisqu'il joue plutôt bien son rôle de véhicule populaire tout-terrain.

Dans le discours officiel, il y a des affirmations politiques, nous les entendons matin et soir depuis le premier jour. La première est que nous ignorons l'arabe parce que le colonialisme nous en a frustrés. Y croyez-vous ? Moi pas, ou alors qu'on m'explique pourquoi ce foutu colonialisme n'a pas agi de même pour nos autres langues. L'arabe dialectal était enseigné dans ses lycées au côté de l'arabe classique, et nos langues ber-bères se pratiquaient au vu et au su de ses gendarmes alors même qu'elles véhiculaient dans leurs chants et poèmes un discours des plus insurrectionnels. En outre, l'arabe classique s'enseignait tranquillement dans les écoles coraniques et les medersa, et très officiellement dans les lycées appelés franco-musulmans, qui, soit dit en passant, et cela est connu, ont produit de très fins lettrés bilingues. Cela étant, et le monde le sait bien, la guerre de libération a essentielle-ment emprunté à la langue française et à son incomparable essence révolutionnaire pour construire ses plans, véhiculer ses idées, internationaliser la cause. La fameuse pro-clamation du 1er novembre 1954 de même que la charte de la Soummam ont été rédi-gées en un français que ne désapprouverait aucunement l'Académie française, encore moins maintenant que notre compatriote Assia Djebbar y siège de plein droit. Notre grand écrivain Kateb Yacine, qui n'avait pas la langue dans sa poche, a résumé son élégante pensée en une phrase : « Le fran-çais est à nous, c'est un butin de guerre. » La deuxième affirmation est que le colonia-lisme a nié notre identité et nos origines.

Là, c'est vrai, *Nos ancêtres les Gaulois* était d'un ridicule accompli. Ce n'est même pas valable en France où un Français sur deux a une mémé ou un pépé d'origine étrangère quand ce n'est pas toute la famille. Mais à quelques pour cent près, ne pourrait-on pas dire la même chose à propos de *Nos ancêtres les Arabes* ? Ceux qui écrivent les livres d'histoire ne sont pas toujours des hommes libres. Bien avant l'arrivée des Arabes et celle des Français, et des Turcs et des autres, les Berbères étaient là, sur leurs terres, dans leurs tribus, prospères et libres, ils avaient leurs langues et leurs coutumes et ils les ont préservées envers et contre tout, et ils continuent de le faire avec la même vieille obstination. La troisième affirmation, trop souvent martelée ces dernières années, est que nous sommes devenus des Arabes parce que nous avons embrassé l'islam. C'est la meilleure. « Je suis musulman donc je suis arabe. » Et pourquoi, s'il vous plaît, cette transmutation miraculeuse n'a-t-elle pas joué ailleurs, en Asie, en Afrique, en Europe, en

Océanie ? Les siècles passent et je vois qu'un Indonésien reste un Indonésien et il n'est pas le seul à nous démentir, il y a les Ouzbeks, les Turcs, les Maliens et plein d'autres. Un Arabe chrétien devrait-il dire « Je suis arabe donc je suis musulman », vu que dans l'esprit de nos penseurs politiques l'affirmation est obligatoirement vraie dans les deux sens ? Et que devrait dire un Arabe athée ? Qui trop étreint mal embrasse. Le temps n'est-il pas venu de dire : Tiens, nous avons toutes ces langues, le berbère, le dialectal, le classique, le français, et bientôt l'anglais et le chinois, c'est formidable, utilisons-les à bon escient et allons de l'avant ! La toute première priorité du premier régime démocratique qui s'installera un jour en Algérie sera de débarrasser l'État de ses complexes de colonisé colonisateur et de mettre notre patrimoine linguistique à la portée de tous. Alors, d'ores et déjà, n'ayons aucune honte, parlons comme nous savons.

Et si le gouvernement voulait bien nous écouter un jour, ce qui serait un autre beau

miracle, nous lui suggérerions de consti-
tutionnaliser l'arabe dialectal et le français.
On n'est jamais fou quand on édicte des
lois qui correspondent à la réalité et jamais
on n'a assez de langues pour se faire comprendre.

La guerre de libération et son histoire

C'est le hold-up du siècle, cette affaire.
La lutte du peuple algérien pour son indépendance a été privatisée le jour même du
cessez-le-feu, ce fameux 19 mars 1962. Pendant que ça valdinguait dans tous les sens,
les partants tamponnant les revenants dans
un enfer de poussière et de cris, elle est devenue la propriété exclusive du FLN et de
ses martiens[1]. Il n'y en avait que pour ses
carriéristes, ses planqués hors des frontières
et leurs supplétifs de mars. *Out* le peuple,
ses organisations partisanes, les centralistes,
les communistes, les démocrates, les ulé-

---

1. Sont appelés ainsi ceux qui ont opportunément rejoint les maquis la veille du cessez-le-feu, le 19 mars 1962.

mas, les gens du *Manifeste*, les francs-tireurs, et tous ceux qui, ailleurs, en France notamment, le siège social de la colonisation, *la gueule du loup* comme disait Kateb Yacine toujours plus mordant, des intellectuels, des journalistes, des ouvriers, des syndicalistes, et même des militaires et des politiques, ont mouillé leur chemise pour le triomphe de la vérité, tâté de la matraque du CRS, subi la question des services et goûté à la paille de la République. La libération d'un peuple est l'affaire de ce peuple mais aussi, à la marge, celle de ses amis. Il est bon de le voir.

Alors que le peuple pansait ses blessures et tentait de retrouver le chemin de sa maison, déplacée dans un village de regroupement ou un autre, ils se sont inventé un CV incomparable, multipliant leurs exploits par mille, divisant les nôtres par cent mille, réduisant à néant ceux de nos amis, et faisant de l'ennemi, la troisième ou la quatrième puissance militaire de ce temps, un petit bricoleur indigne de leur génie. En le diminuant, ils se grandissent peut-être, mais nous rapetissent sûrement, nous les véritables acteurs. Nous ne nous sommes pas battus contre de vulgaires chapardeurs de poules qui se seraient nuitamment introduits dans notre poulailler, mais contre une grande nation, infiniment riche de sa culture et de son histoire, qui pour satisfaire des ambitions impériales d'un autre âge n'a pas hésité à entraîner son armée dans l'infamie et à plonger son peuple dans le déchirement. C'est cela la guerre d'Algérie, un processus historique considérable, infiniment compliqué, et une immense tragédie. Eux se sont rédigé une historiette en forme de tract entièrement en majuscules, gras, souligné. C'est Blek le Roc, seul face à la risible armée des Écrevisses. C'est triste de voir une si grande guerre rabaissée au niveau d'un conte de souk. Quand tout était si affreux et si long pour nous, eux, ces brillants Zorros, apparus à la fin du dernier acte, avançaient vers la victoire plus vite que la musique. La différence est là, elle est essentielle : nous nous sommes battus pour la liberté, eux se sont battus entre eux pour le pouvoir et le clinquant.

Le peuple n'eut pas le temps de poser son barda qu'il fut dépossédé de sa guerre, de sa gloire, de ses souffrances, de ses sacrifices, donc de sa liberté chèrement payée. Les envolées des pickpockets étaient sur toutes les ondes, portées haut par la fanfare, et c'est là, dans sa masure dévastée que le brave maquisard apprit que leurs noms adulés étaient sur toutes les lèvres, et qu'il revenait au peuple, structuré séance tenante en organisations de masses disciplinées, de se courber devant leur génie, leur science divine de la stratégie, leur art inné de la tactique et de fermer l'œil sur leur cupidité sans fond. Déjà, avant d'arriver à Alger, la capitale, ils se comportaient en chemin comme de vulgaires chapardeurs de poules. La technique est vieille comme le monde, un mensonge inlassablement répété devient inévitablement parole d'évangile. Nous voilà, aujourd'hui, convaincus et infiniment re-

connaissants. Tourner la page et nous construire en citoyens nous fut refusé, nous
avions à demeurer dans la posture du colonisé prostré ou du béni-oui-oui acclamant,
attendant tout de ses nouveaux maîtres.

Grisés par leurs succès, les pickpockets et
leurs caïds lorgnent sur le colonisateur d'hier.
Ils ont un plan, il est simple : aider la France
à culpabiliser, exiger sa repentance, puis lui
offrir l'absolution en échange de quelques
châteaux sur la Loire. L'atmosphère dans ce
pays est lourde, chacun soupçonne l'autre,
on se neutralise par le jeu subtil des déclarations, on est bousculé par les échéances,
le plan devrait marcher comme sur des rou-
lettes. Au gouvernement de la France de se
débrouiller avec ces phénomènes, il les a
reconnus, soutenus, engraissés, soignés, gâ-
tés, il nous revient, à nous, pauvres galériens
de toujours, de nous réapproprier notre liberté, nos biens, notre histoire et notre avenir. Je me demande en passant quelle valeur
aurait telle repentance et à qui le gouverne-

ment de la France l'adressera : aux indus occupants du pouvoir ou à ceux qui vivent sous leur joug ?

Sœurs et frères,
Mes chers compatriotes,
Mes bons amis,

Ainsi décortiquées, lesdites Constantes nationales ne sont en fin de compte que méchantes trouvailles, nuisibles pour la République, dangereuses pour le peuple. Elles sont la mort de la vérité, de la spiritualité, de la saine piété, du patriotisme. Elles ne peuvent nous aider à nous émanciper, elles n'ont pas été inventées dans ce but. Elles ont servi et servent seulement à cela : hiérarchiser et aligner, marginaliser et exclure, légitimer et consacrer, adouber et enrichir. Nos constantes à nous sont simples : liberté d'être et bonheur de douter ; elles disent tout, et en prime elles laissent ouverte la possibilité d'un voyage dans les étoiles. Le reste n'est que moyen pour vivre, et si un truc ne marche pas on prend l'autre.

La paix des cimetières et le retour des tueurs

Avançons, nous ne sommes pas au bout de nos peines. Il nous faut parler de la guerre des islamistes et des commanditaires de 1992-1999, et du référendum pour la réconciliation et la paix du 29 septembre 2005, si puissamment défendu par le Président en personne. Ledit scrutin devait marquer la fin d'une époque douloureuse, or déjà, le jour même, à vingt heures passées d'une minute, il a ouvert la phase deux de la Normalisation, elle a pour nom : la *moubaaya*, l'allégeance éternelle au trône. Pas un clan, pas une famille n'ont manqué à la cérémonie. Il est des paix qui sentent la mort et des réconciliations qui puent l'arnaque. Il n'y a rien de juste, rien de vrai dans l'affaire.

La première idée qui me vient à l'esprit est celle-ci : comme on fait son lit on se couche. C'est méchant, on refait, on va le dire autrement : la vigilance est le premier devoir de la vie et nous en avons abondamment manqué. Le système, « la mafia politico-financière » comme l'appelait le courageux Boudiaf, nous a eus dans les profondeurs, et, disons-le honnêtement, nos réponses n'ont jamais été à la hauteur. Certes, il y eut le printemps berbère d'avril 1980, mais un printemps fait-il une vie ? Le calendrier berbère, en vigueur dans nos montagnes, compte mille ans de plus, nous étions donc en 2980, d'aucuns ont vu dans cette avance la cause de l'échec du mouvement. C'est possible. On a dit aussi que le printemps berbère portait en lui son échec : il était une aventure régionale, une flambée régionaliste, une histoire de Kabyles qui aiment à se particulariser, à dénigrer l'identité nationale. Ayant fait dire cela, le pouvoir a aussitôt crié au séparatisme, à la guerre civile, au complot étranger relayé par les nostalgiques du colonialisme. Il n'y avait rien, simplement des gens qui marchaient dans les rues de Tizi Ouzou, capitale de la Kabylie, réclamant pacifiquement le droit de pratiquer leur langue, d'exercer leurs droits civiques, de respirer librement l'air du bon Dieu. L'armée est intervenue, il y eut des morts, des blessés, des prisonniers, des disparus, des exilés, des torturés, des destructions, des mises en quarantaine, des sanctions économiques, l'arrivée d'un nouveau préfet disposant de pouvoirs étendus.

Il y eut d'autres bonnes choses, ici, là, de vraies tentatives citoyennes, beaucoup menées par des femmes fatiguées de voir leurs hommes flâner sans but, mais toutes ont été également brisées et à la fin nous en sommes là, dos au mur, hagards et démunis, immobiles et penauds.

Oui donc, ce 29 septembre 2005, nos voix ont été réquisitionnées pour amnistier ceux qui, dix années durant et jusqu'à ce jour, nous ont infligé des douleurs à faire pâlir de jalousie Satan et son armée infernale. Alors que la victoire du courage et de la raison sur la folie et la lâcheté était acquise, nous avons subitement perdu le souffle et l'attention. Que s'est-il passé ? Les urnes ont été bourrées, d'accord, mais pourquoi n'avons-nous pas réagi ? Amnistier en masse des islamistes névrosés et blanchir des commanditaires sans scrupules tapis dans les appareils de l'État n'est pas comme élire un Président imposé, que l'on ne connaît pas ou que l'on ne connaît que trop. Étions-nous fatigués de cette si longue guerre imposée ? Oui, j'entends bien et cela je le comprends assez : nous étions abasourdis. Mais quand même, c'est douloureux de vivre avec l'idée que nos urnes ont servi de machine à laver le linge sale des clans au pouvoir.

Il reste à espérer que le tueur fou et le kapo sans foi se réinséreront calmement dans la société. L'avenir vous le dira. Pour ma part, je n'y crois pas, le cirque qui a enfanté ces phénomènes n'est pas démonté, que je sache.

Retenons ceci, mes chers compatriotes : le devoir de vérité et de justice ne peut tomber en forclusion. Si ce n'est demain, nous aurons à le faire après-demain, un procès est un procès, il doit se tenir. Il faut se préparer.

Notre place dans le monde et notre regard sur lui

Notre place dans le monde est celle d'un pays à pétrole. Ceux qui nous l'achètent ne se posent pas d'autres questions que celles de son prix, sa qualité, sa disponibilité, qui garantit les enlèvements et empoche les royalties. Il ne faut pas se leurrer, notre cher pays n'est plus ce qu'il était, ni ce que l'on nous en dit, il est classé parmi les derniers : les États non libres, corrompus, bureaucratiques, désorganisés, instables, dangereux, infréquentables. Et d'année en année, nous perdons des points. Le régime est épinglé comme un hérisson par les ONG et les institutions internationales mais cela ne l'empêche pas de ronronner. Quant à nous, les Algériens, nous sommes mis dans la catégorie : peuples vivant dans la pauvreté dans des pays riches gouvernés par des régimes ruineux. Et ils nous le disent comme si nous étions dans l'ignorance de notre sort !

On nous répète que les classeurs sont payés pour nous dénigrer, n'en croyez rien, ils gagneraient beaucoup d'argent s'ils acceptaient de nous refiler des points sous la table. Vous savez parfaitement comme, ici, là-haut, on paie royalement les amis qui acceptent de comprendre.

Les choses vont ainsi, un pays fermé n'intéresse que ceux qui sont à l'intérieur, pris dans le huis clos. Les autres voient une boîte noire et pensent que ledit pays a disparu corps et biens.

Quant à ce que le gouvernement se dit à haute voix, ses succès, ses avancées magistrales, notre place enviée dans le concert des nations, ce n'est que pommade sur son orgueil blessé, poudre aux yeux des naïfs. Ce sont très précisément ses prouesses qui ont mis notre cher pays au bas du classement général des nations, personne ne l'ignore. Ce n'est pas la faute des cantonniers ! Ces derniers temps, c'est vrai, on s'accorde à le considérer comme un partenaire privilégié… dans la lutte contre le terrorisme ; pas dans la recherche scientifique ou la protection des œuvres d'art. Ne vous laissez pas griser par l'expression « partenaire privilégié », c'est de la tambouille diplomatique pour dire : « Vos terroristes, gardez-les chez vous sinon on vous bombarde ! », ce à quoi le gouvernement a répondu : « Dormez tranquilles, on va les recycler dans le business. »

C'est à nous qu'il revient de donner à notre pays une place gratifiante. Vous connaissez le moyen, on en parle tout le temps entre nous : tout démolir et tout rebâtir. Ipso facto, il nous viendra aux yeux un autre regard sur le monde. Et en retour, comme par enchantement, le monde nous verra différemment. C'est le principe inverse de l'écran de plomb, celui du verre transparent. C'est quand le mur de Berlin est tombé que nos amis de l'Est ont soudainement vu le monde et que le monde les a vus. Avant cela, ils étaient comme nous, derrière le rideau de fer, ils ne savaient rien du monde et le monde ne savait rien d'eux, sinon les grimaces de leurs momies par-dessus les barbelés.

Le monde est le monde, et avant que nous en découvrions un meilleur sur une autre planète, il est le nôtre. Et comme on dit chez nous, au marché : « Hé, camarade, on est entre nous, y a toujours moyen de moyenner ! »

L'Histoire repensée

Un mot sur le fameux article 4. N'y prê-tez aucune attention, camarades, ce n'est qu'un article de loi, et ici, nous le savons mieux que personne, la loi ne fait pas l'His-toire, elle l'assujettit.

C'est quoi cet article et que dit-il ? Eh bien, que la colonisation française a été une bonne affaire pour nous. L'article fait partie de la loi 2005-158 du 23 février 2005, adoptée par le Parlement français, portant « reconnais-sance de la nation et contribution nationale en faveur des Français rapatriés ». Ledit ar-ticle exhorte les enseignants et les chercheurs à souligner le rôle positif de la présence fran-çaise outre-mer. Ce contre quoi les historiens se sont rebiffés, disant qu'ils n'avaient de leçons à recevoir de personne et que l'histoire n'est pas du catéchisme mais une science qui se veut transcendante et objective.

En revisitant notre Histoire, écrite par des Algériens d'envergure et libres, j'ai trouvé quelques sujets de réflexion.

Notre grand Ferhat Abbas, le pharmacien de Sétif, le fondateur des Amis du Manifeste et de la liberté (1945) et le premier président du GPRA (1958-1961), le gouvernement provisoire de la République algérienne, avait écrit des choses troublantes. Souvenez-vous de sa fameuse déclaration qui lui a valu tant de flèches dans le dos : *J'ai cherché le peuple algérien partout, jusque dans les cimetières, je ne l'ai pas trouvé. La nation algérienne est née avec la colonisation.* Plus tard, en 1956, nous le savons, il a abandonné ses idées et rejoint le FLN, lequel lui a fait une triste fin au lendemain de l'indépendance. Le grand leader a été placé en résidence surveillée par Ben Bella, puis jeté en prison par Boumediene, et le 24 décembre 1985, il est mort dans la solitude et l'anonymat.

Notre grand historien et ancien intellectuel du FLN, Mohamed Harbi, a écrit : *En vérité, notre modernité a commencé avec la colonisation.* Brouillé avec le FLN, il s'est exilé en France où il poursuit inlassablement ses recherches.

De telles déclarations, venant de person-nalités aussi éminentes, vont-elles dans le sens de l'article 4 ou le contredisent-elles ? Cela dépend, chacun a ses intentions quand il lit. Mais en toute logique, ceci et cela n'ont rien à voir ensemble, l'évolution his-torique d'un peuple, savoir le passage d'une forme d'organisation à une autre, d'un mode de pensée à un autre, se fait toujours sous l'effet de phénomènes imprévisibles, souvent exogènes : une découverte techni-que, la naissance d'une nouvelle théorie, le développement des réseaux commerciaux, la rencontre avec un peuple plus avancé, ou une invasion brutale. Dans un cas, il évolue à son rythme, en droite ligne, dans l'autre il est détourné de sa voie et engagé de force dans une autre. L'Algérie n'eut guère de chance, des invasions, elle en a connu de-puis la carthaginoise et chacune a laissé sa marque, les Vandales sont venus et ont tout saccagé, les Arabes sont passés en coup de vent et nous ont laissé l'islam et leur science naissante, les Ottomans ont fait de nous des pirates et des galériens, la France a placé nos terres en son sein et fait de nous des Indiens indésirables chez elle. C'est une évolution en zigzag.

L'Europe elle-même a accédé à la modernité suite à l'invasion arabe de l'Espagne et plus tard, elle est passée à une étape supérieure suite aux secousses de la Révolution française de 1789. C'est sous les coups de bélier de Jules César que la Gaule s'est soudée et c'est sous la colonisation des Francs issus de Germains que la Gaule est devenue la France. C'est une autre évolution en zigzag. De ce point de vue, Ferhat Abbas et Mohamed Harbi n'ont fait que dire un processus historique commun à tous les peuples. Le temps suit son cours linéaire ou chaotique et laisse derrière lui surprises et douleurs.

La question qui se pose en revanche s'adresse aux amis de l'article 4 : la colonisation de l'Algérie et d'autres magnifiques régions du monde a-t-elle joué un rôle positif en France ? Et là les amis sont forcés de nous répondre que non. Toutes ces conquêtes et ces abominations ont coûté cher à la France, mis à part les richesses matérielles, éphémères, elles lui ont collé la terrible et méchante étiquette de premier pays colonialiste des temps modernes, après l'Angleterre. Il faut vivre avec son passé.

Le paradoxe est que de la France colonialiste, qui tient sa forme des Romains et son nom des Francs, nous avons gardé ce nom Algérie dont nous sommes si fiers, ces frontières intangibles dont nous sommes si jaloux, cette capitale, Alger, dont nous sommes si amoureux. On devrait un jour parler de ce que nous avons pris à ceux qui sont passés chez nous et dont la somme nous dit assez bien : le hammam des Romains, la cuisine des Turcs, la musique andalouse des juifs et leur art du négoce, l'islam et l'art équestre des Arabes, la gouaille des pieds-noirs, le goût des lettres des Français, et de ce que nous leur avons donné : ce goût de paradis qui a fait qu'ils ne voulaient plus repartir.

Une autre fois, nous parlerons des héros qui ont conduit notre résistance séculaire contre les envahisseurs : les rois Juba et Jugurtha tués par les Romains, la reine Kahena tuée par les Arabes, l'émir Abd el-Kader chassé par les Français, mort en exil, Ben M'Hidi exécuté par le général français Aussaresses, Abane Ramdane, le chef de la révolution algérienne, assassiné par les patrons du FLN, etc.

Quoi qu'il en soit, c'est là, à l'intérieur de ces frontières et de cette histoire, dans ce territoire appelé Algérie, ayant pour phare Alger, que notre imaginaire d'Algériens s'est forgé.

Le temps qu'il fera demain

Ah, mes chers amis ! L'actualité n'a guère été brillante ces dernières semaines qui ont vu 2005 passer le témoin à 2006, sans qu'on soit sûr d'avoir avancé, sinon en âge. D'après la télé, nous avons avancé. Considérablement, dans tous les domaines, y compris tous ceux-là dont personne ne s'est occupé. Elle n'a pas lésiné : reportages, débats, réclames, discours, interviews, communiqués, annonces légales, calicots, chants révolutionnaires et religieux, distribution de prix aux méritants, revue des troupes et, pour ne pas changer, la petite menace voilée par-ci par-là.

En résumé, elle nous a dit en majuscules, gras, souligné, que **L'ALGÉRIE VA SON CHEMIN HARDIMENT, TOUT VA TRÈS BIEN, LA PAIX ET LA CROISSANCE PROFITENT À TOUS, L'ADMIRATION DU MONDE NOUS EST REVENUE, LE PEUPLE ADORE**

SON PRÉSIDENT, ET IL N'Y A QUE LES AVEUGLES QUI NE LE VOIENT PAS.

C'est ma foi bien vrai que tout cela : on peut être aveugle et ne rien voir.

C'est vrai aussi qu'il y a des aveugles qui ne voient que ce qui leur plaît.

En tout cas, il faut des aveugles pour que le pickpocket réussisse son coup.

En France, où vivent beaucoup de nos compatriotes, les uns physiquement, les autres par le truchement de la parabole, rien ne va et tout le monde le crie à longueur de journée, à la face du monde, à commencer par la télé. Dieu, quelle misère ! Les banlieues retournées, les bagnoles incendiées, le chômage endémique, le racisme comme au bon vieux temps, le froid sibérien, les sans-abri, la mort des clochards, l'ETA, le FLNC, les islamistes, El Qaïda, les projets d'attentats par cartons entiers, les coups de filet, les expulsions, l'insécurité à tous les carrefours, les effondrements, les explosions, les inondations, les meurtres, les tueurs en série, le branle-bas de combat électoral, l'article 4 et ses dégâts collatéraux, la grogne généralisée, les coups bas, les scandales, les kidnappings, la traite des Roumaines, les réseaux pédophiles, les faillites, celles de l'école et de l'hôpital en premier, le gouffre abyssal de la Sécurité sociale, la dette publique qui atteint des sommets himalayens, les délocalisations précipitées, la dislocation des partis politiques, les travailleurs sur le carreau, les grèves à répétition, le grand banditisme, l'invasion chinoise, le tsunami des clandestins, les procès à la chaîne, des erreurs judiciaires colossales, un gouvernement divisé, un Président avec des gamelles, le diktat des multinationales, quoi d'autre, oui, pour compléter le tableau, une crise européenne carabinée ! Mon Dieu, mais dans quel pays vivent-ils, ces pauvres Français ? Une République bananière, un pays en guerre civile, une dictature obscure, une République préislamique ?

À leur place, j'émigrerais en Algérie, il y

fait chaud, on rase gratis et on a des lunet-
tes pour non-voyants.

Un dernier mot, mes chers compatriotes : si cet opuscule heurte votre sensibilité,
jetez-le au feu et veuillez me pardonner. Ce
n'était là que manière improvisée d'engager
le débat loin des vérités consacrées. Vous
savez comme on se laisse aller quand on
prend la plume. Le Président lui-même le
rappelle tout le temps : les gens de plume
sont des pies auxquelles il faut couper le
sifflet. Soyez bénis, dites-vous que l'unanimité n'est convaincante que si elle souffre de
quelques malheureuses exceptions, et ainsi,
par-là, vous m'offrirez peut-être l'occasion de
me rattraper. Si, en revanche, il vous agrée,
faites des pétitions, les sujets ne manquent
pas : exigez la libération immédiate des
journalistes en prison, y compris celui qui a
publié *Bouteflika, une imposture algérienne*,
exigez l'abrogation sans discussion du code

de la famille, la vérité et la justice en application du référendum du 29 septembre 2005, un nouveau jugement par le TPI de l'assassin de Boudiaf, la vérité sur l'assassinat d'Abane Ramdane et tous les autres, d'hier et d'aujourd'hui (faites des listes, placardez-les), des explications et d'honnêtes procès sur les faillites en cascade de nos banques, un programme de développement économique et social qui soit vrai, la tenue urgente d'élections générales anticipées sous l'égide de l'ONU, la réécriture de l'Histoire en insistant sur ses points négatifs, l'envoi du FLN au musée, la réhabilitation pleine et entière des victimes du terrorisme, la mise sous contrôle judiciaire de tous les services secrets et le gel de leurs avoirs, la vérification du patrimoine de chacun, l'ouverture immédiate de la frontière terrestre avec le Maroc, le retour au week-end universel, le sauvetage des outardes, et celui de la Casbah, la distribution quotidienne et équitable de l'eau et de l'électricité, la régularisation des sans-papiers, la réparation des logements... les sujets ne manquent pas, comme vous savez.

Et maintenant que nous avons bien parlé et arrêté d'utiles dispositions, nous avons à œuvrer, il n'y a rien de plus urgent pour le moment.

REMERCIEMENTS

Cette lettre à mes compatriotes n'aurait pas vu le jour si Teresa Cremisi n'en avait pas eu l'idée. Je voudrais qu'elle trouve ici l'expression de mes remerciements les plus chaleureux pour la bienveillante attention qu'elle a toujours manifestée à mon égard, et pour m'avoir communiqué l'envie et le courage de surmonter les inhibitions que le propos de ce texte, sa forme d'expression directe et le contexte unanimiste et inquisitorial qui prévaut en maints endroits ne pouvaient manquer de susciter en moi.

Mes remerciements vont aussi à Antoine Gallimard et à Jean-Marie Laclavetine qui ont su rendre la démarche possible.

DU MÊME AUTEUR

Aux Éditions Gallimard

LE SERMENT DES BARBARES, 1999. Prix du Premier Roman 1999. Prix Tropiques, Agence française de développement, 1999 (Folio nº 3507)

L'ENFANT FOU DE L'ARBRE CREUX, 2000. Prix Michel Dard 2001 (Folio nº 3641)

DIS-MOI LE PARADIS, 2003

HARRAGA, 2005 (Folio nº 4498)

POSTE RESTANTE : ALGER. Lettre de colère et d'espoir à mes compatriotes, 2006 (Folio nº 4702)

PETIT ÉLOGE DE LA MÉMOIRE. Quatre mille et une années de nostalgie, 2007 (Folio 2 € nº 4486)

LE VILLAGE DE L'ALLEMAND ou Le journal des frères Schiller, 2008 (Folio nº 4950)

Composition Nord Compo
Impression Novoprint
à Barcelone, le 26 août 2011
Dépôt légal : août 2011
1er dépôt légal dans la collection : février 2008

ISBN 978-2-07-035550-1./Imprimé en Espagne.